KB230570

나팔고둥 좌표

김시림 시집

상상인 시인선 069

나팔고둥 좌표

＊본문 페이지에서 한 연이 첫 번째 행에서 시작될 때에는 〈 표기를 합니다.
＊저자의 의도에 따라 작품의 보조 동사와 합성 명사는 띄어쓰기가 달라질 수
있습니다.

시인의 말

밀물이다가
썰물이다가

만조滿潮이다가
간조干潮이다가…

끝없이 부침하던 마음의 파도들을
여기 이 모래톱에 부려 놓는다

다시, 맨발로 먼바다를 건너올
어린 햇살을 기다리며

김시림

⠿ 차례

1부

아득한 물길을 걷고 있다

4부
사라져 간 것들이 염전의 아기 소금처럼

1부

아득한 물길을 걷고 있다

물결

살과 살

꼭 맞대고

물비늘 반짝이며

흐르는 저 강물

당신과의 한때처럼

함께 포개 그윽하다

한 번 놓치면

영영 멀어져

시시때때로 그리워할

잔물결들

서로를 어루만지며

노심초사

아득한 물길을 걷고 있다

나팔고등 좌표

병원 로비에는 뚝 떼어놓은
심해深海 한 조각이 산다

흰동가리와 블루탱과 만다린 피쉬와 샛별돔이
조그마한 입으로 별 부스러기 같은 플랑크톤을 살살
쪼아 먹는다

인공 햇살 손가락들이 모랫바닥까지 파고들고
밤낮없이 공급되는 꼭 알맞은 산소 농도

19병동 112호, 이 병실엔 수시로
폭풍 해일이 몰려온다

작은 수족관 같은 몸속,
어긋난 수치들은 해열제와 인슐린과 전해질과 혈소판
수혈 등으로 즉시 교정된다

스스로 침상 밖으로 나갈 수 없는 당신,
몰래몰래 눈에 보이지 않게 어딘가로 가고 있는 것일까
〈

며칠 전 눈대중으로 좌표를 찍어 둔 자리보다
한 뼘쯤 옮겨 앉은
저 나팔고둥처럼

봄을 지나다

유채밭을 빠져나온
흰점박이꽃무지 애벌레 한 마리

온몸으로 바닷가 축대를 오르고 있다

이리저리 머리로 더듬어가며
오르다가 또그르르 굴러떨어지고
또 오르다가 떨어지고

저기 유채꽃들이 그를 안타깝게 바라본다

굴곡진 평생을, 왔다가 돌아가고
갔다가 다시 오는 일을 반복하는 파도들

오늘은, 흰 울음을 풀어

안개 낀 해변에 벗어 놓은,
더듬거리며 여기까지 온 내 발자국들을
돌돌 말아 흔적도 없이 걷어간다
〈

오래전 봄을 지나온 나는

어디만큼 왔을까

가재길 77

잡초에 가려진 문패

낡은 슬레이트 지붕 위로 뻗어 올라간 찔레, 뜯겨 나
간 부엌문에 넝쿨 주렴을 주렁주렁 매달아 놓았다

식솔들의 끼니가 다 빠져나가고 동굴처럼 어두워진
부엌에 속을 다 드러낸 채 모로 누워 있는 외짝 냉장고

"밥 먹자~"
저물녘 허공에 긴 연기 풀어 수신호를 보내던 굴뚝

엉성한 사방의 시멘트벽에 압류 딱지 같은, 붉은 스프
레이로 '공가'라고 쓰고 삐뚤삐뚤 그려놓은 동그라미

등이 휘도록 잡동사니를 실은 트럭마저 버리고 간, 어
수선한 이별의 말들이 마당의 잡초처럼 무성하다

*신규 영농 절대 금지, 경작 시 별도 통보 없이 공사 예
정, 평택 가재지구 도시개발사업조합*
〈

위협적인 푯말이 박힌
개망초꽃 새하얀 묵정밭에 하염없이 비가 내린다

러브버그Love Bug

꼬리를 맞대고 날아다니는 붉은등우단털파리
자운영 꽃술을 빠는 동안에도 떨어지지 않는다

부엽토 먹으며
일 년을 애벌레로 살고서야
얻은 날개

불볕더위의 이상 기후가 한꺼번에 지상으로 들어 올렸다

이제 남은 생은 사나흘, 그 전부를 불태우는
저 장엄한 허니문의 절정

누가 보든 말든
해가 지든 말든

기필코 종족 보존의 임무를 완수하겠다는 집요한 행렬

뉴스에서는 떼로 몰려다니며 짝짓기하는 모습이
흉하다고 민원이 빗발친단다
〈

해충이냐 익충이냐

죽일 것이냐 살릴 것이냐, 방역을 놓고 고심 중이라는데

한 생물학자는 공존의 대상으로 보라고 한다

나와 다르지 않은 저 생명 또한 공들여 만들었을

대자연은,

어디로 튈지 모르는 이 인류세人類世*의 물꼬 앞에서

심각한 고민에 빠졌다

* 인류세人類世 : 인류가 지구 지질이나 생태계에 미친 영향에 주목하

여 제안된 지질시대의 구분 중 하나.

두 개의 발자국은 어디로 갔나

물 위에 뜬 연꽃 같다는 무섬마을

따로따로 흐르던
내성천과 서천이

이곳에 와서
몸을 섞는데

부딪치며 깨진 물의 상처들
하얀 피를 토해낸다

물에 닿을 듯
물에 잠길 듯
가을 외나무다리 아래

금빛 물살 가르는
저 송사리 떼처럼

당신의 슬하에서 맘껏 유영했던 나
홀로 물가 모래밭 걷는다

〈

어디로 갔을까

이제는 우리가 아니어서
두 개의 발자국만이 나를 따라온다

문을 잠그다

뼈가 앙상하게 드러난
은행나무 둔덕길 사이

개울물이 문을 닫아걸었다

물오리
참새
왜가리가 와도

얼음 문은 열리지 않는다

눈 내리고
종일 서성거린 발자국들이
얼음꽃으로 핀 날

진심을 뻔히 알면서도
곁을 주지 못하고
떠나보낸 너를 생각한다

사소한 오해로

스스로 얼려버린 마음

둔덕에 깔린 철 지난 은행잎 같은,
뼈대가 드러난 엑스레이 같은

기억의 파편들이 오들오들 떨고 있다

이토록 가깝고도 먼

갈매기 한 마리가 저 수평선 너머로 사라진다

무엇을 찾아가는 길일까

사람들 마음엔 생각 프로그램이 담겨 있어서

160센티미터도 안 되는
이 작은 몸에도 네게로 가는 길이 있다

가만히 있어도
그리로 간다는 것은
반질반질 길이 나 있다는 것

한아름의 그리움이
별빛과 싸락눈과 새소리와 천둥번개로 쌓인
그 길 위에 서면

나는 그만, 하늘과 심장 맞대고 한 호흡하는
먼바다 외줄 수평선
〈

내 몸이 심하게 출렁거리는 날
돌아오는 길을 잃고 헤매기도 하는

가깝고도 먼 길

가재길 58

켜켜이 쌓인 마을의 내력을 다 아는 가재산 넘어가면,
산자락에 걸쳐 있는 파란 지붕

일흔다섯 한미숙 할머니가 사는 집

개나리와 밤나무와 칡넝쿨이 울타리가 되어 준
대문도 없는 집

꽃을 좋아하는 할머니가 농사일 틈틈이 가꾸는, 국화
수국 봉숭아 맨드라미와 다육식물들이 옹기종기 모여
산다

들고양이가 평상 밑에 새끼를 낳고
허술한 안방까지 드나드는 집

장작불로 양은솥에 찐 옥수수를 팔러
서정리 오일장, 십 리 길 나서는 집

사십 년 전에 심었다는
창고 옆 엄나무는 해마다 키를 키우고

〈

공가와 철거 표시가 붙은 빈집들 사이

적은 보상금으론 갈 곳이 막막한 할머니

오늘도 가지 토마토 참깨 고추를
애지중지 돌보고 있다

물방울의 한 생

간밤에 내린 비가
늘어진 수양버들 가지마다 물방울 음표를 달아 놓았다

바람이 한번 나무의 건반을 두드리자 우수수 떨어지
는 슬픈 노래들

어제 어머니의 주치의가 회진 왔다가
나를 병실 복도로 손짓했다

한 번씩 고비를 넘길 때마다
계단식으로 기력이 하락할 거라고
서서히 받아들일 준비를 하라고

자욱한 안개 속,
다이아몬드 같은 물방울들의 한 생이

버티다가
떨어지다가
매달리다가…

〈

중력에 몸을 맡긴 우수_{雨水} 아침

검지에 담긴 선물

역대급 태풍 힌남노가 북상 중이라는데
종일 내리는 비는, 아직 여느 때의 얼굴과 다르지 않은데

우리 집 유리창을 와장창 잡아먹던 태풍 매미가 떠올라
내 마음에도 파동이 일어
보이차를 마신다

만해축전에서 만난 소암스님

설악관 식당 앞에서 오래 기다렸다며
일회용 비닐장갑 한 장을 건네주셨다

검지에 담긴
35년산 원난성 보이차 한 조각

첫눈 오는 날 따온
마른 산꽃이 유리병에 토해 놓은 갈색처럼

맑고 아늑하다

관계자 외 출입 금지

공사 중인 석정공원,
공중전화 부스 같은 네모난 철창 안에

액화석유가스통과 빨간 소화기가 들어 있다

위험물 저장소
관계자 외 출입 금지

금지 문구와 자물쇠로 채운 위험물 곁에서
피고 지는 풀꽃들은 모두 까막눈이다

그들과 눈 맞추는 나를 보고
공사장 관계자가 뛰어와서

금지구역이니 어서 나가라고 한다

본래 이 터의 관계자들은
강아지풀 나팔꽃 개망초 쇠비름

저 야생 풀꽃들이다

청둥오리의 물갈퀴질

느릿느릿 걷는
강변길, 네 생각이 나를 흐르네

물속으로 내려온 하늘 보듬고
흐르는 강물

급할 것 없는 구름의 갈비뼈 사이사이로
링크되는 네 얼굴

청둥오리들은 작은 몸으로 긴 물결 부채를 만들어
끌고 가네, 수없이 물갈퀴질할 때마다
갈라지는 물 하지만, 물은 금세 또 아무네

버거운 너를 따라가다
그 자리에 주저앉은 적이 있는 나는

오리에게 물 위에 뜨는 법을
다시 배우네

<

거스르지 않고 아래로 흐르는
물의 마음, 햇살에 반짝거리네

2부

이제 막 발아한 사랑처럼

조등을 걸다

몸통만 한 나뭇가지들이 찢긴 채 널브러져 있다

며칠 전 내리던 첫눈
관측 이래 117년 만의 기록적인 폭설의 짓이다

저 하늘 깊은 곳으로부터 날아온 어린 눈송이들은
나풀나풀 얼마나 가벼웠는가

저마다의 모습 따라 눈꽃으로 다시 태어나던 나무들

조금씩 균열이 일다가 버티다가 넘어버린 임계선
우두둑 속살이 찢어지던 밤이 지나갔다

그중 큰 타격을 입은 것은 소나무들
겨울을 버티던 잎들이 눈송이를 다 받아 안았다는 것

작고 가벼운 것들도 쌓이고 쌓이니 폭력이 된다

목이 꺾인 소나무 초리
제 몸에 조등弔燈으로 매달려 있다

커튼 너머

한밤중 어머니의 얼굴을
아프게 바라보는 병실

옆 침상, 속삭이는 소리가
숨소리까지 데리고 커튼을 넘어온다

남자가 손수레를 끌 듯 이끌어 나가면
그 뒤를 밀 듯 간간이 뒤따르는 여자의 목소리

이제 막 발아한 사랑처럼
다정하고 조심스럽고 애틋한…

간이침대에서 쪽잠 자고 난 아침

반년째 누워있는 아내를
지극정성 간호하는 남자

직장까지 그만두고
바깥을 통째로 말아 병실에 구겨 넣은 채
아내의 손을 꼭 잡고 있다

〈

이별의 경계선에서 겨우 돌아왔다는 60대 초반의 부부

소변주머니 비우는 일도 기쁨이라는 남편
아내의 궤도를 따라 도는 하나의 위성이다

월미 전망대에 올라

늘 다니던 길을 벗어나
통유리 두른 월미산 전망대에 올랐다

저녁놀을 받아쓰는 바다는
양귀비꽃밭이다

제 몸체보다 커다란 배를 이끌고
접안을 서두르는 예인선

턱없이 작아진
항구와 곡물 저장고와 인천 시가지

저 아래서
아등바등 애태우던 일들이
농담 같기만 하다

구월 저녁

리기다소나무와 밤나무 사이
검은 종자로 염주를 만든다는
모감주나무

엄마가 식혜 만들려고 엿기름 넣던
삼베 같은 누런 삼각 주머니 속
녹두만 한 염주알들 올려다보는데

저녁이 내려와
모감주꽃처럼 번지는 노을

엄마가 머리에 흰 수건 두르고
물 길어다
저녁밥 짓던 시간이다

파란 양철지붕 집

산비탈 마지막 양철지붕 집
재개발 굴착기에 찌그러져 나뒹굴고

수십 년 사람을 품고 살던 그 집은
입구도 출구도 형체마저 지워지고 말았다

낯선 곳에서 따로따로 와서
끈끈하게 일가를 이루던

한 씨 할머니가 살던 시간과
벽돌과 철근 장독대와 고무대야가
서로 뒤엉켜 꺼져가는 체온을 나눈다

해마다 까치와 나눠 먹던 홍시를 매단 채
뽑혀 나간 감나무, 깊게 파인 구덩이를 보며

이렇게 허망한 일이 어디 있냐며
연신 눈시울을 적시는 할머니
〈

백로白露 지난, 찢어진 마당귀에

스스로 파종한 나팔꽃이 연둣빛 만장을 내걸었다

당신의 서랍장

한 번도 뵌 적 없는 당신이 지상을 떠나가고 있을 때
나는 에릭 시걸의 소설, 특별한 만남을 읽고 있었습니다

저녁 여덟 시 반이면 소등하는 병실을 나와
휴게실 불빛에 의지하고 있었습니다

한 무리의 사람들이 그림자처럼 몰려와 상조회사에 전
화를 했습니다
그리곤 "소지품들은 어찌할까요." 묻는 간호사에게
다 버려달라는 단호한 말을 남기고 썰물처럼 빠져나
갔습니다

한참 후 장례식장 직원이 당신을 데려가고 있을 때
간병인이 헐레벌떡 뛰어왔습니다

"이 안경 놓고 갔어요."

간호사가 그림자들이 했던 말투로 말했습니다

"버리세요."

〈
안경의 기호(∞)처럼 영원할 것만 같던,
당신의 전 생애는 순식간에 텅 비고 말았습니다

물망초 합창단

아래층 사는 란이 씨가 머뭇거리며
초대권을 건네주었다

통일의 마중물을 위해
탈북여성으로 구성했다는
물망초 합창단

맨몸으로 두만강을 건너
베트남 캄보디아 태국 몽골 러시아
지구 반 바퀴, 생사의 고비를 넘어 이곳에 정착한 사람들

처음엔 악보도 몰랐다는 이들이
진달래색 드레스 입고
어울려 부르는 아리랑은 넘을 수 없는 그리움이다

북한 가곡 소방울 소리, 쪼각배, 고향의 밤이
공연장 가득 출렁이고

서로를 바라보는 눈동자 속
짙푸른 물망초 꽃잎으로 번지는 간절함

〈
나를 잊지 마세요

북에 두고 왔다는 란이 씨의 어린 딸이
물망초 꽃말로 피어나는 밤이다

지폐를 태우는 여자

허공에 점점이 갓털 발자국들이 찍히고 있다

갈대 씨앗들이 먼길 떠나는 도림천

자그마한 이주 여성이
징검돌에 웅크리고 앉아
서너 장씩 지폐를 태우고 있다

"왜 그러세요?"
다급하게 물어도
눈길 한 번 주지 않는 그녀

재가 된 돈이 물길 따라 흘러간다

베트남 옌뜨사원,
고인이 저승에서 풍족하게 쓰라고
가짜 지폐를 다발로 태우던 의식을 본 적 있다

어쩌면 가족의 부고를 받고
낯선 나라 징검다리에 홀로 앉아

명복을 빌고 있을지도 모르는

여자의 등허리에 업힌 노을
눈자위가 붉다

돌김 세 톳

양숙이가 설 쇠라고 보내준 돌김 세 톳

고향 바다를 식탁 위에 올려놓았다

어릴 적 겨울이면
집집마다 김을 했다

발장 위에 네모난 틀을 대고
물김을 쫙 뿌릴 때마다 작은 바다가 하나씩 생겨났다

양지바른 건장에
집안 내력이 담긴 액자처럼
빼곡히 걸리던 김들

쪽파 참기름 넣은 양념장에
김을 싸 먹는데

내 몸에 새겨진,
보이지 않아도 먼저 품에 달려들던
비릿한 바다향이 말을 건다

느릿느릿

풀잎마다 이슬사리를 이고 있는
새벽 등산로

달팽이 한 마리

두 개의 더듬이에 눈을 매달고
흙길을 배밀이하고 있다

한 땀 한 땀 상처를 꿰매듯
희끗희끗한 점액 길

가진 것은 오직
등에 진 방 한 칸

빨리빨리 앞만 보고 가는 등산화에
생이 으깨진다 하여도

겁 하나 먹지 않고

느릿느릿 제 갈 길 가고 있다

흔들리는 뱃전

코발트빛 영덕 앞바다

크고 작은 어선들이 닻의 발목으로 뿌리를 내린 강구항
항해를 다 마친 늙은 배 한 척 정박해 있네

어창 가득 대게를 채우던 만선의 기쁨도
조업을 마치고 귀항할 때마다 안도하던 갑판도
집어삼킬 듯한 태풍도 다 건너온

삭아 내린 저 폐선처럼,

요양병원 침대에 정박해 있는 사람들

그날그날 흔들리는 뱃전에서
멀미를 견디네

양팔저울 기울기

지인의 결혼식장에서 가사조정위원인 선배를 만났다

이혼이 가져올 피해와 가정파탄의 최소화를 위해
일한다는 선배와 둥근 식탁에 마주 앉아
밥 먹듯 일어나고 있는 이혼 얘기를 했다

성격 차이, 경제 문제, 부정행위 순으로 이혼한다고

서로의 허물을 양팔저울에 올려놓고
기울어진 쪽에 위자료를 물린다는
선배의 말에

기울어진 저울의 무게를 감당 못해 쩔쩔매던
친구의 뒷모습이 생각났다

늦가을 근처

중년의 비구니 스님

대웅전 마루에 한지 깔아
풀 발라 두고

빗살문 칸칸이 내려앉은
오래 묵은 먼지를 털고 있다

솔을 건네받아
내 묵은 때를 벗기듯 박박 문질러 보았으나
잘 떨어지지 않는다

내려오는 자락길

까만 들고양이 한 마리
나를 보자 힐끔거리며 재빨리 숲으로 도망친다

사람이나 짐승이나
사람처럼 무서운 것은 없나 보다 생각하다가
〈

무엇이 스님을 산사에 홀로 머물게 하는가

자꾸만 뒤돌아보게 되는 백련사

표류

13파운드짜리 지구본 같았다

얼마나 떠돌았을까
온몸 파도에 할퀸

검은 해양 부표 하나

어디서 탯줄 끊겼을까

어장漁場이었을까
선박 항로였을까
암초였을까

해안가 약수터 지나
굴과 따개비 다닥다닥 뒤덮은 너럭바위 지나

파도가 모래톱 위에 떨어뜨린
저 둥근 적요,
암에 끌려갔다는 그 사람의 부고 같았다
〈

평생 시간에 묶여 살다
퇴직한 지 얼마 안 되었는데

이제 끈이 풀렸다고,
느슨하게 살아보고 싶다고 했는데

저 모래사장에 떨궈놓은 부표 같은
애달픔 하나

3부

생각을 심어 놓고 가야지

입추 무렵

얼마나 울다 갔을까

거리공원 나무 아래
매미가 떨어져 있다

몸의 절반 이상을 텅 비워
발음기發音器로 써버린 수매미

단 한 번의 짝짓기와 맞바꾼 생

날개 곱게 접어
길바닥에 부려 놓았다

숙제 다 마치고
껍데기만 남은 몸

아침 햇살이 나무이파리 그늘천으로
수의를 빚고 있다

대청호 아래

흰 페인트가 듬성듬성 벗겨진
유·도선 운임표 푯말이 있는 대청호

막지리와 서정리를 운항했다는
선착장 자리

작은 배가
하늘과 산그림자를 가득 싣고 흔들리고 있다

저 아래
수몰된 마을이 있다

귀퉁이가 닳아버린 오랜 시간들은
저 물밑에서 지금 무얼 하고 있을까

어미 발치에 앉은 아기 코끼리처럼
순하게 세 들어 사는 산들도

갈수록 옹졸해지는
거꾸로 선 내 그림자도

〈

저 물아래 세상을 알지 못한다

호수가 뒤척일 때마다
새로 태어나는 빨래판 같은 물주름들

비밀 하나를 품고 사는
호수는 입이 무겁다

구름에 의탁하다

노을 등짐 지고
서서히 동쪽으로 이동하는 구름의 족속들

구름은 힘이 세다

굵직한 화가를
해발 580미터 산 중턱,
이 절에 붙잡아 둔 것도 저 구름이다

손에 닿을 듯한 구름에 반했다는 스님

떠돌고 싶을 때마다
조각한 나무 새 수십 마리

대웅보전 마당에도
삼성각 가는 오솔길에도
석축에도
솟대로 세웠다

구름처럼 정처 없이 흐르다가도

결국, 이 마음 안에서
쉼을 얻는 것 아니겠느냐고…

오늘도 구름의 마음을
유유히 흘려보내는 유정스님

먼바다 돌아온 바람

대명항 포구, 수로를 따라
모여든 갈매기들

날개를 퍼덕이거나
구애하거나
종종걸음 치며 먹잇감을 찾습니다

그중 한 마리가 갯지렁이를 잡아
곁에서 지켜보던 갈매기에게 건네줍니다

연인인 듯 다정합니다

어느 날 장미꽃 백 송이 안겨주던 첫사랑

묘박지鎬泊地에 잠깐 머물던,
한번 떠나가고는 다시 돌아오지 않은 배처럼

우리의 봄은 어디로 흘러가고 말았을까요

먼바다를 돌아온 바람이

포구에 얼굴을 묻습니다

* 묘박지錨泊地 : 선박이 항구에 계류나 접안하지 않고, 닻을 내리고
일시적으로 대기하는 수역.

햇살 숟가락

참나무 군락
햇살 숟가락을 놓아버린 지 오래인 갈참나무 한 그루

살비듬처럼 일어나는 나무껍질 사이에 애벌레를 불러
들이고
파란 이끼 키우며
꼿꼿한 자세로 서 있었다

꿈요양원, 생활실 3
죽은 갈참나무처럼 말을 잃어버린 정 씨 할아버지

한 발짝도 뗄 수 없는
침상만이 전부인

선택의 여지가 없는
삼천 원짜리 식판

숟가락 위에 반찬을 얹어 드리자
가까스로 입에 넣는다
〈

평생 쌓아온 나이테
한 눈금도 가늠해 볼 수 없는

저 망연한 눈빛

삼잎국화꽃에 앉은 네발나비

어디로 가는 길이었을까
산자락 비포장도로, 납작하게 죽어 있는 뱀

바퀴가 밟고 간 웅덩이
깨진 물거울이 울고 있었어

길모퉁이 돌아
아파트 공사로 사라져 갈
오래된 마을

낙엽 빛깔 네발나비가 삼잎국화꽃에 앉아
비단실 가는 다리로
양 날개를 오므렸다 폈다 골똘히 꿀을 빨고 있었어

머지않아 불도저에 깔려
길도 논밭도 나무도 집도
마을 따라 사라질 거라는 생각은 추호도 하지 않은
것 같았어

돌아오는 길
웅덩이에 빠진 내 발도 흠뻑 젖고 말았어

삐뚤빼뚤 팻말

둥글래 한됫박 육처넌
두통빈열기침애조은 구기자, 정력언기애 산수유, 눈애
조은 결맹자, 간심장애조은 허깨나무열매, 개피…

뿌리로 온 것
껍질로 온 것
열매로 온 것
씨앗으로 온 것

길바닥 콘크리트 좌판 앞에서
물과 햇살을 나누며 서로를 양육한다는 숲을 생각하네

나도 저들처럼 작은 선물로 와서
이 지구 행성 좌판에 명찰을 내걸고
무수히 시행착오 해가며

삐뚤빼뚤, 오타투성이로 살고 있네

하나의 꽃나무가 되어

화촉 밝히고
눈부신 태양을 마주하고 선
신혼의 아침

꽃 한 송이 피는 일도
온 우주가 동의해야 한다는데

이제 하나의 꽃나무가 되어
사시사철 함께 꽃피울
신랑, 신부여!

"엄마, 막 일어났는데도 정말 예쁘지요?"

첫인사 와서 자고 난 아침
그윽하게 영은이를 바라보던 승호 눈 속엔
온 세상의 사랑이 다 들어와 출렁거렸지

처음 그 마음으로

구름이 흘러가듯

밀물과 썰물이 교차하듯

장미면 장미인 대로
매화면 매화인 대로

있는 그대로
맘껏 사랑하고 사랑받으렴

그래서, 먼 훗날 해 질 녘
오늘처럼 나란히 노을을 바라보며
함께 한 여정이 저 주홍빛 하늘처럼 고왔다고
서로의 눈부처를 들여다보렴

대흥사 가는 길목에서

낮은 돌담 두른 전통 한옥 유선관

붉은 벽돌로 우뚝 솟은 굴뚝이
먼저 손을 맞는다

피안교彼岸橋 아래
기와지붕을 얹은 정자에 앉아
막걸리잔을 기울이는데

붉은 생을 통째로 내려놓는 동백꽃들

두 손 가득 모아
계곡물에 풀어준다

살아오는 동안
내가 품었다가
혹은 나를 품었다가
떠나가던 이별처럼

바위에 부딪히며 멀어져 가는 저 꽃송이들

고구마 반 상자

잣나무 그늘 우거진 비탈밭

고구마 덩굴을 거둬내니
드러나는 소복한 이랑

당신과 나란히 한 줄씩 타고 앉아
탯줄로 얽혀 있는 땅속을 더듬는다

땅의 젖줄을 먹고 자란 고구마들은
아무리 조심해도 호미 날에 생채기가 나기 일쑤여서
뽀얀 젖을 토해 놓는다

햇살에 굶주려 야윈
고구마를 주워 담다가

마디마디 불거진
당신의 가난한 손을 본다

그늘이 가져가 버린 반 상자의 고구마

그래도 이만하면 됐다고 환하게 웃는 당신

이제 그의 소리는 없다

산자락 오솔길에 매미 한 마리가 뒤집혀
죽을힘을 다해 회오리친다

매미에게 독침을 놓아
악착같이 물고 뜯는 말벌

겨드랑이와 날개 공략하더니
축 늘어진 몸, 다시 엎어놓고 등을 겨눈다

제 새끼 먹이려고 매미로 빚은 경단瓊團 들고
바쁘게 사라지고

마지막 구애의 매미울음 홍수 속
이제 그의 소리는 없다

아무 일 없었다는 듯
흙먼지도 스러지고

태연하기만 한
숲의 얼굴

〈
이 세상은 인정사정없는 먹이사슬인가

생각을 심다

저 화분에는 엄마가 묻어 놓은
생각덩이들이 살고 있습니다

내가 엄마의 콩꼬투리 속에 들어앉아
설명서 없이도 막막하지 않던 그때처럼

뿌리줄기를 뻗어가며
대나무 순처럼 돋아나는 생각이파리들

"생각을 심어 놓고 가야지."

김치 담그고 남은 생강
흙을 걸러 화분에 묻던 엄마

생강이 생각으로 들릴 때
당신을 다녀가는 생각들이 궁금했습니다

당신 떠나신 지 십오 년
주물처럼 단단해지는 기억들

가고 없는 것들이,
생각에 생각을 파종하는

저 화분에는 자동으로 켜지는 생각센서가 살고 있습
니다

지지대

토마토가 주먹만 하게 커 가자
열매 쪽으로 등이 휜 가지

제 키보다 큰 지지대를 대주고
줄기를 꼿꼿이 세워 단단히 묶어 주었습니다

나는 어느 새벽
느닷없이 응급실에 실려 간 적이 있습니다

더 늦기 전에
남편에게 고백했습니다

당신이 세상에서 제일 소중한 내 지주支柱라는 걸 이제
야 알았다고

울먹이는 나를 빤히 바라보며
그도 울음으로 받아 주었습니다

그러자 커튼 너머
침상 할머니도 웬일인지
울기 시작하는 것이었습니다

도겸이는 반 살

골똘히 바라보는 것이 일과인 도겸이

아기띠 매고
산책 나가면

바람이 참나무 가지를 흔들어
어린 이파리 어르는 걸,
한껏 고개를 젖히고
눈동자에 담는다

아이의 눈에는 저 바람이 보이는 것일까

구구구,
공원의 비둘기 말을 알아듣는지
대답하듯 옹알이한다

바람이 스치자 아이가 손을 내밀어
바람을 만진다

지금 반 살짜리 도겸이는
온 세상과 소통 중…

4부

사라져 간 것들이 염전의 아기 소금처럼

수직의 몸짓

밤나무 이파리 밥상을 통째로 먹다가
몸이 빠진 자벌레 한 마리

바람의 물결 따라 발버둥칩니다

의지할 것은 직접 뽑은 실오라기 한 줄뿐

제 몸으로 한 뼘 한 뼘
평정하던 길이 끊겼습니다

필사적으로 제자리 돌아가려는 저 수직의 몸짓

줄 한번 탁 놓아버리면
곧장
모두가 제집일 텐데

방하착放下著,
참 어렵나 봅니다

텃밭에도 이치가 있다

산비탈 텃밭에서 김을 맨다

아직 밑들지 않은 여린 당근 싹이 다칠까 봐
호미조차 대지 못하고
조심조심 쇠비름 바랭이를 뽑는데

할머니는 내가 애써 매 놓은 곳에서
실뿌리 당근을 쏙쏙 뽑으며
가지 이파리도 똑똑 따 버린다

씨슓음을 해줘야 당근 밑이 드는 거여
그라고 햇빛이 들어와야 가지가 까매지고 진한 보라
색이 나는 거여
그늘 속에 있으면 흐물거리는 벱이여

칠순 넘어 깨우친 한글
글씨는 더듬더듬 읽어도
세상살이 이치는 척척 읽어내는
〈

홀쭉해진 할머니의 텃밭

며칠 후면 빈자리가 꼭 차오를 것이다

또 혼자다

영등포에서 기차를 타고 옥천에 간다

옆자리에 꽁지머리 총각이 앉았다가
수원역에서 내리고

한참 빈자리로 가다가
빨간 머리 여자가 타고 내린 후

또 혼자다

너와 헤어지고 나서
문득문득 아려오던 명치

옆자리를 다른 사람으로 채우고 또 비우며
같이, 또 따로
종착역까지 가는 여정이다

오도리 마을 지나다

바다를 책처럼 옆에 끼고
솔바람 소리 넘기며
걷는 해파랑길

벼랑 따라 납작 엎드려 꽃을 피운
찔레와 인동초 너머로

저 끊임없는 도돌이표의 파도들

태양과 바닷빛을 닮은 지붕들이
이마를 맞대고 속살거리는 어촌마을에
빨랫줄이 펄럭인다

바닷바람 따라 아이들 옷이 나부낄 때마다
출렁거리는 수평선

나도 이쯤의 마을에서
너와 흔들리는
한 생이고 싶다

육생 비오톱biotope

연세대학교 교정
작은 생태연못에서
도시가 쉼표를 찍고 있다

핫도그를 든 부들과 갈대가
어깨를 나란히 여름을 나고

공룡알 같은 돌무지와 나뭇더미는
나비와 새들의 삶터

*자연과 더불어 살아가는 생태적인 공간, 자연순환이
이루어지도록 생물서식지를 조성했다*

육생 비오톱 팻말 앞에서
꿀덕개 바다를 생각한다

슬로비디오처럼 천천히 발을 떼던 황새
맨발로 서리 마당 종종거리던 옥이
대나무 낚싯대로 문저리 낚던 오빠들
활무늬 그리며 꼬막 잡던 젊은 엄마

클레멘타인 불러주던 아버지

도시의 숨구멍에 앉아
수문을 연 어린 날들 불러 본다

사라져 간 것들이 염전의 아기 소금처럼
톡, 톡, 톡
몸을 부풀리고 있다

오래 생각하는 아침

큰아들의 서른한 번째 생일

직원 식당, 미역국이 빠진 아침을 생각하며
장롱 깊숙이 간직한
배냇저고리를 꺼내본다

이토록 작았던,
어떻게 안아야 할지 조마조마하던 몸

숨결 하나도 다 이어주던
단단해진 배꼽 탯줄
손싸개가 꼭 쥐고 있다

배냇짓 한 번에도 온 세상 기쁨 다 고이던
서툰 그 시절의 내 나이가 된 아들

타지에서 밥벌이하고 있다

때때로 흔들릴 때마다
이 작은 옷 하나가 내 중심을 꼭 잡아준다

우도에서

성산 일출봉 남쪽 바다
편안하게 누워 있는 화산섬

해안을 울타리로 두른, 올레길
오르락내리락 걷습니다

빨강 파랑 함석지붕마다
빗물받이와 저수조를 가진 나지막한 집들

돌담으로 쌓은 조각보처럼 이어진 밭에선
유채 보리 마늘 쪽파가 자라고

나는 설문대할망 석상이 있는 등대에 서서
저 멀리 쪽빛 바다 바라보다가

끝내 다다를 수 없다 하여도

소처럼 우직한
당신이라는 둘레길
다 걸어 보고 싶었습니다

석공의 암호 코드

누가 조각했을까
국가사적 343호 서울 호암산성 석구상石狗象

저 멀리 경복궁 해태상과 마주 보며
장안의 화기火氣 누른다 하네

순한 눈 코 입
앞다리 세우고 뒷다리 구부리고 앉아
고사리순처럼 감아올린 꼬리

도심에서 불꽃이 일면
제일 먼저 컹컹컹 온몸으로 짖었을 것이네

언제였을까
산정, 석구 받침석 틈에 날아든 꽃씨

수백 년 전 석공이 묻어둔 암호 코드처럼
제비꽃 한 송이 피어났네

가만히 들여다보니 그 암호 속에는

해와 달과 별처럼, 이 터를 끝까지 지켜달라는
석공의 간절한 부탁이 들어 있네

내 맘속 그물집 한 채

통유리 밖 찢어진 거미줄에
겨우내 걸려 있는 거미 허물

비가 와도
눈이 내려도
끝내 흔들리며 붙어 있다

원추리 노을빛으로 피어날 때
방적돌기에서 실을 꺼내 바큇살 두르고
지도를 그리듯 찬찬히 집을 짓던 거미

달빛도
별빛도
이슬방울처럼 잘게 부서져 반짝이던 집

내게도
너의 흔적이 파노라마처럼 걸려 있는

그물집 한 채 있다

마지막 모과 한 알

눈 쌓인 날
모과나무 둥치를 따라
동그란 눈물 자국들이 방울방울 찍혀 있다

언제부터였을까

빈 가지 사이에 제물로 걸린
모과 한 알

그도 저 분묘들의 이장 안내판을
보고 있는 것일까

본 분묘는 '평택 가재지구 도시개발구역'에 편입되어
이전해야 하므로 연고자께서는 확인하여 주시기 바라며
연락이 없을 때는 무연분묘로 개장할 예정입니다

생사를 가리지 않겠다는

저 도시개발의 쩍 벌린 아가리를

체외충격파치료(ESWT)

X-ray를 찍었다

의사는 화면 가득 띄운
오른쪽 어깨뼈 사이 뾰족한 덩어리를 가리키며
힘줄에 석회가 끼었다고

언젠가 다쳤거나
반복적인 일로 조직에 손상을 입었을 거라며

석회화건염이라고 했다

어떻게 둥지 틀었을까
온종일 마우스를 클릭하며 모니터 들여다보던
조직에서의 매운 시간들이
석회를 먹여 살렸던 것일까

여러 번 반복해서 치료해도 그때뿐

강한 에너지의 충격으로도
몰아내지 못하는 것들이 있다

날마다 떠나가는

발아래 솔가리가 소복하다

소나무들은 늘푸른나무가 되기 위해
물기 마른 잎들을
조금씩 덜어내고 있었구나

아쉬움
고마움
미안함
다 지우고…

날마다 나를 떠나가는
나였던 솔가리들

안녕, 잘 가

꽃발자국

이 지구별 가계도에 실선 하나 늘었다

눈 코 입 생김새는 조금씩 달라도
우리 모두 통과해 온
신생아 시기가 여기 있다

작은 아이 시목褆木이

분유 수유 후 꼭 안고
토닥토닥 등을 쓸어내리면

콩닥콩닥 뛰는 심장으로,
들숨날숨 숨결로
무궁무진 내력을 공유하는 너와 나

배고플 때
젖었을 때
잠투정할 때

울음 하나면 그만인

아기의 의사 표현은 얼마나 단순명료한가

고물고물, 바람에 몸을 비트는 목련꽃잎 같은
작은 발로

먼저 피고 지던 이야기들 따라
동그란 이 행성에
꽃발자국 찍어 나갈 시목이

꽃물 들다

샛바람 부니
당신이 더욱 보고 싶다

언덕을 빼곡히 덮은
강아지풀들 일제히
서녘 하늘 향해 달리고

석양 마루 잉걸불로 타는
노을, 집집 창문마다
꽃물이 든다

약속도 없이
대문 활짝 열어두고
볼 수도 만질 수도 없는
당신,
마중 나간다

Stained with Flower Colors

As the brisk wind blows,
I long for you even more.

The foxtails,
Densely covering the hill,
All rush toward the western sky.

The sunset blankets the ridge in the fading hues
of fire,
And every window in every home
Is stained with flower colors.

With no promise made,
I leave the gate wide open
And step out to greet you-
You,
Whom I can neither see nor touch.

'자연-생명'들의 슬프면서도 아름다운 교감
―김시림 시집 『나팔고둥 좌표』에 대하여

방민호(문학평론가, 서울대 국문과 교수)

1. '약한' 생명체들이 살아가는 세상

시집들 가운데에는 귀를 기울이고 눈여겨보아야만 잘 들리고 보이는 시집이 있다. 애써 주의를 집중하지 않아도 쉽게 들리고 보이는 시집이 있는가 하면 그렇지 않은 시집이 따로 있는 것이다. 화자의 목소리가 크거나 높지 않기 때문인데, 이런 시집의 의미나 가치를 헤아리려면 더 차분해지고 침착해져야 한다. 무엇보다 마음에 여유를 가져야 한다. 이렇게 해서 나지막하면서 은밀한 '내포'를 읽어내는 보람, 김시림의 시집 『나팔고둥 좌표』는 그러한 보람을 찾을 수 있는 좋은 사례의 하나일 것이다.

『나팔고둥 좌표』의 시들은 소리 높여 이야기하지 않

는다. 누구를 위해 무엇을 노래하고 있는지 단번에 드러나지 않기 때문에 적어도 충분하다고 예단했던 것보다 한 번은 더 시집 전체를 일괄하려는 노력이 필요하다. 그런 가운데 먼저 포착되는 이 시집의 특성은 화자의 '시적 대상'들이 크지도 높지도 않으며, 왕성한 생명력으로 충만해 있지도 않다는 사실이다. 이름하여, 작은 물상들의, 작은 생명체들의 세계, 그러나 그 의미는 결코 작지만도, 얕지만도 않은데, 필자는 먼저 이러한 특성에 유의한다. 표제시인 「나팔고둥 좌표」에서부터 시인의 시선은 크지 않은 물상들, 생명들의 세계를 향한다.

병원 로비에는 뚝 떼어놓은
심해深海 한 조각이 산다

흰동가리와 블루탱과 만다린 피쉬와 샛별돔이
조그마한 입으로 별 부스러기 같은 플랑크톤을 살살 쪼
아 먹는다

인공 햇살 손가락들이 모랫바닥까지 파고들고
밤낮없이 공급되는 꼭 알맞은 산소 농도

19병동 112호, 이 병실엔 수시로

폭풍 해일이 몰려온다

작은 수족관 같은 몸속,

어긋난 수치들은 해열제와 인슐린과 전해질과 혈소판

수혈 등으로 즉시 교정된다

스스로 침상 밖으로 나갈 수 없는 당신,

몰래몰래 눈에 보이지 않게 어딘가로 가고 있는 것일까

며칠 전 눈대중으로 좌표를 찍어 둔 자리보다

한 뼘쯤 옮겨 앉은

저 나팔고둥처럼

- 「나팔고둥 좌표」 전문

　이 시에서 화자는 "병원 로비"에 놓여 있는 "작은 수족관" 세계를 들여다보고 있다. "흰동가리와 블루탱과 만다린 피쉬와 샛별돔" 같은 아열대 어족들이 한가롭게 노니는 수족관 세상이다. 화자는, 그런데, 이 수족관 세상을 이 병원 "19병동 112호" "병실"에, 그리고 이 "병실"에 누워 있는 "당신"에 중첩적으로 비유한다. "병원 로비"의 "작은 수족관" 세계와 달리 "19병동 112호"에는 "수시로" "폭풍 해일"이 "몰려온다". 또 "당신"의 "몸속”에서는 수시로 “수치”들이 “어긋”난다. 이 “수치”의 “폭풍 해일”이 “몰려”올 때마다 “해열제와 인슐린과 전해질과 혈소판 수혈 등”이 새로 자꾸만 시도되어야 한다.

「나팔고둥 좌표」는 절체절명의 위기에 처한 생명의 모습을 전달한다. 부모나 가까운 친척 어른이 있는 사람들은 어떤 시기에 이르면 모두 이 시에서와 같은 상황에 처할 수 있다. 화자는 병실의 “당신”을 돌보는 내내 아마도 잠시 숨을 돌릴 수 있을 때 로비의 수족관 세상을 물끄러미 들여다보았을 것이다. 이 시집의 주요한 특징 가운데 하나인 시인의 웅숭깊은 관찰적 시선은 수족관 세상 속의 “나팔고둥”이 날마다 조금씩 위치를 옮겨 가고 있음을 깨닫는다. 이 옮겨감 속에서 시인은 “몰래몰래 눈에 보이지 않게 어딘가로 가고 있는” “당신”의 ‘현실’을 느낀다. 날마다의 옮겨감, 움직임은 보이지 않는 것 같지만 며칠이라도 시간이 흐르면 위기에 처한 생명의 ‘추이’를 깨달을 수 있다. 생명은 누구나 언제인가는 이와 같은 상황에 처할 수밖에 없다. 고요하고 평화로운 ‘수족관’ 세계라도 여기에는 언제든 “폭풍 해일”이 예비된 것이다.

2. 위기에 처한 생명들의 '총체성'

김시림 시인이 표제시 「나팔고둥 좌표」에서 드러내 보인 작고 약한 생명체의 '현실'은 이 시집 전체에 고루 '산포'되어 있다.

예를 들어, 「봄을 지나다」에서 시인은 "온몸으로 바닷가 축대를 오르고 있"는 "흰점박이꽃무지 애벌레 한 마리"에 시선을 보낸다. "바닷가 축대"이므로, "오르다가 또그르르 굴러떨어지고" "또 오르다가 떨어지"는 "애벌레"의 목숨은 경각에 달려 있다. 시인은 이 "애벌레"의 모습에서 자신의 현실을 함께 깨닫는다. "오래전 봄을 지나온 나는" "어디만큼 왔을까" 하는 독백은 자신의 생명적 상황 또한 "애벌레"의 그것과 다를 바 없다는 인식의 소산이다.

또, 「러브버그Love Bug」는 "꼬리를 맞대고 날아다니는 붉은등우단털파리"를 '노래'한 것이다. "일 년을 애벌레로 살고서야" "날개"를 얻은 그네들은 인간들이 뭐라 하든 "남은 생" "사나흘"을 그네들의 생명의 '존속'을 위한 행위에 몰두한다. 모든 생명체는 개체의 생명의 '단속'을 통해서만 그 '연속'을 지켜갈 수 있는 역설적 존재다. '러브버그' 또한 예외가 될 수 없을 것이다. 시인은 이 '러브버그'를 가리켜, "대차연"은 "나와 다르지 않은 저 생명 또한 공들여 만들었을” 것이라 생각한다.

작은 존재들을 통해 생명 전체의 운명적 상황을 들여다보는 것, 이는 시집 『나팔고둥 좌표』의 중요한 창작방법이다. 간밤에 내린 비로 “수양버들” “가지”에 맺힌 “물방울 음표”들을 통해서 위기에 처한 “어머니”의 생명을 생각하고, 이로부터 “물방울들”의 “생”의 운명을 생각하는 「물방울의 한 생」, “새벽 등산로”에서 “흙길을 배밀이하고 있”는 “달팽이 한 마리”로부터 “느릿느릿 제 갈 길”을 갈 수밖에 없는 “생”의 섭리를 직시하게 되는 「느릿느릿」, “코발트빛 영덕 앞바다”에서 만난, “항해를 다 마친 늙은 배 한 척”에서 “요양병원 침대에 정박해 있는 사람들”의 운명을 떠올리는 「흔들리는 뱃전」, 바닷가에 떠밀려 온 “검은 해양 부표 하나”로부터 “암에 끌려갔다는 그 사람의 부고”를 ‘읽어내는’ 「표류」 같은 시들.

「물방울의 한 생」, 「느릿느릿」, 「흔들리는 뱃전」 같은 시들에서 생명을 가진 존재들은 위태롭고 위기에 직면해 있는 것으로 나타난다. 이와 같은 생명의 위태로움과 위기는 시집 전체에 걸쳐 고루 나타난다. 「입추 무렵」에서 시인은 “거리공원 나무 아래” 떨어져 있는 “매미”를 가리켜, “숙제 다 마치고” “껍데기만 남은 몸”이라 한다. 이 “매미”는 “몸의 절반 이상을 텅 비워” 이미 “발음기로 써버”렸고, “단 한 번의 짝짓기”를 지상에 남기고 떠나

버렸다. "아침 햇살이 나무이파리 그늘천으로" "수의를 빚고 있다"라고 한, 이 시의 마지막 연은, 생명의 필연적 귀결로서의 죽음을 인식하는 시인의 세계인식을 잘 보여준다.

「이제 그의 소리는 없다」에 나타나는 "매미"는 "산자락 오솔길"에 뒤집힌 채 "죽을힘을 다해 회오리"치고 있다. "말벌"이 "제 몸보다 큰 매미에게 독침을 놓"은 것이다. "말벌"이 죽은 "매미"를 끌고 바쁘게 사라진 후 "숲"은 "아무 일 없었다는 듯" "태연하기만" 하다. "이 세상은 인정사정없는 먹이사슬인가"라는 이 시의 마지막 시행은 이 시에 나타난 "매미"와 "말벌"의 이야기가 일종의 '우화'처럼 세계상황을 지시하는 기능을 할 수 있는 것처럼 보인다. 이와 같은 '우화'적 기능을 잘 보여주는 다른 한 편의 시를 제시해 볼 수도 있다.

어디로 가는 길이었을까
산자락 비포장도로, 납작하게 죽어 있는 뱀

바퀴가 밟고 간 웅덩이
깨진 물거울이 울고 있었어

길모퉁이 돌아

아파트 공사로 사라져 갈

오래된 마을

낙엽 빛깔 네발나비가 삼잎국화꽃에 앉아

비단실 가는 다리로

양 날개를 오므렸다 폈다 골똘히 꿀을 빨고 있었어

머지않아 불도저에 깔려

길도 논밭도 나무도 집도

마을 따라 사라질 거라는 생각은 추호도 하지 않은 것

같았어

돌아오는 길

웅덩이에 빠진 내 발도 흠뻑 젖고 말았어

- 「삼잎국화꽃에 앉은 네발나비」 전문

이 시에서 시인, 곧 화자는 어딘가로 가는 "산자락 비
포장도로"에 있었고, 거기에는 "뱀"이 "납작하게 죽어
있"다. 그것은 무심코 지나간 자동차 바퀴에 깔려 버린
것일 수도 있다. 화자는 "뱀"이 죽어 있는, "바퀴가 밟고
간 웅덩이"를 "깨진 물거울"이라 하는데, 그것은 마치
죽음의 현실을 비추고 있는 것처럼 보인다. 또한 그 "길

모퉁이"를 돌아가면 "아파트 공사로 사라져 갈" "오래된 마을"이 어떤 묵시록의 현실처럼 가로놓여 있다. 이제 화자의 시선은 이런 풍경 속에서 "삼잎국화꽃"에 앉아 무심하게, "양 날개를 오므렸다 폈다 골똘히 꿀을 빨고 있"는 "네발나비"를 향한다. '그'는 "머지않아 불도저에 깔려" "길도 논밭도 나무도 집도" "마을 따라 사라질 거라는 생각은 추호도 하지 않은 것" 같다. 이 "네발나비"는 자신이 살아가야 할 세계가 위기에 처해 있음을 알지 못한다. 다만 당장 눈앞의 달콤한 "꿀"에 몰두할 뿐이다. "돌아오는 길/웅덩이에 빠진 내 발도 흠뻑 젖고 말았어"라는 화자의 마지막 '독백'은 죽어 있는 "뱀"과 그 '옆'에서 무심하게 꿀을 빨고 있는 "네발나비"의 우화가 무엇을 의미하는지 '깨달은 자'의 '당혹스러움'을 나타낸다.

"인류세"(「러브버그」)의 생명들을 둘러싼 '현실'은 조금만 더 나아가면 '전락'과 '소멸'에 처할 것만 같은데, 생명들, 사람들은 이를 의식하지 못한다. 『나팔고둥 좌표』의 시들은 이와 같은 생명적 현실을 시인만의 독특한 '총체적' 우화로써 드러내 보인다. 이 시집의 '총체성'은 사회적 현실의 리얼리즘과는 다른, 생명적 현실의 '총체성'이다. 필자는, '총체성'이란, 표면적 현상에 초월적 본질이 삼투되어 나타나는 양상을 가리키는 용어일 것이라 이해한다. 『나팔고둥 좌표』의 시들이 보여주는 작고 연약한, 위태롭고, 위기에 직면한 생명들의 모습은 시인이 생각하는 생명적 현실의 총체성을 담지한다.

다음과 같은 시도 『나팔고둥 좌표』의 '총체성'을 잘 대변해 준다.

밤나무 이파리 밥상을 통째로 먹다가
몸이 빠진 자벌레 한 마리

바람의 물결 따라 발버둥 칩니다

의지할 것은 직접 뽑은 실오라기 한 줄뿐

제 몸으로 한 뼘 한 뼘
평정하던 길이 끊겼습니다

필사적으로 제자리 돌아가려는 저 수직의 몸짓

줄 한번 탁 놓아버리면
곧장
모두가 제집일 텐데
〈

방하착放下著,

참 어렵나 봅니다

- 「수직의 몸짓」 전문

어쩌면 우리는, 모두, 이 시에 나타나는 "자벌레"와 같이, '생명적 현실'을 깨닫지 못하고 "바람의 물결 따라 발버둥"치는 존재들인 것이 아닐까. "방하착"放下著이란, 주지하는 바, 마음속 집착과 번뇌를 내려놓으라는 것이다. 그러나 버리지 못하고 집착하는 것이 우리들 생명 가진 존재들의 '무명無明'의 상황일 것이다.

3. '자연–생명'을 위협하는 '개발'에의 위화감

이렇듯이, 『나팔고둥 좌표』의 시인의 '현실'은 무엇보다 '자연–생명'이 겪어나가는 '삶' 자체의 '현실'이다. 이 시집에는 김시림 시인이 출생에서 성장에 이르기까지 '자연'에 가까운 삶을 살아왔음을 보여주는 시들이 많다. 예를 들어, 「돌김 세 톳」은 시인의 고향이 바닷가임을 말해준다. "겨울이면" "집집마다 김을 했었다"는 것이다. 시인은 김을 '하는' 구체적인 과정을 생생한 기억으로 간직하고 있다.

발장 위에 네모난 틀을 대고

물김을 쫙 뿌릴 때마다 작은 바다가 하나씩 생겨났다

양지바른 건장에

집안 내력이 담긴 액자처럼

빼곡히 걸리던 김들

-「돌김 세 톳」 4~5연

　"물김"을 "뿌릴 때마다" "작은 바다"가 생겨났다는 표현, "돌김"을 "작은 바다"로 치환해서 표현할 수 있는 감각은 유소년 시절에 얻어진 것이라 할 것이다.

　또한 시인이 저 윤선도와 김남주와 황지우 시인의 세상인 해남 하고도 대흥사를 노래한 작품은 이 시집에서 가장 아름다운 이미지를 간직한 시이기도 하다.

낮은 돌담 두른 전통 한옥 유선관

붉은 벽돌로 우뚝 솟은 굴뚝이

먼저 손을 맞는다

피안교彼岸橋 아래

기와지붕을 얹은 정자에 앉아

막걸리잔을 기울이는데

붉은 생을 통째로 내려놓는 동백꽃들

두 손 가득 모아
계곡물에 풀어준다

살아오는 동안
내가 품었다가
혹은 나를 품었다가
떠나가던 이별처럼

바위에 부딪히며 멀어져 가는 저 꽃송이들

-「대흥사 가는 길목에서」 전문

대흥사 가까운 계곡 정자에서 "막걸리잔을 기울이"며 "붉은 생"을 다한 "동백꽃"을 "계곡물"에 "풀어" 보내는 멋스러움과 '애이불비哀而不悲'의 서정은 '바다'와 '계곡'이 그에게 선사한 '원초적' 자질이요 감정일 것이다.

그래서일 것이다. 『나팔고둥 좌표』에는 시대와 시속을 따라 변모해 가는 삶의 양태들 가운데, 특히 성급하고 강제적인 '개발', '재개발' 과정에 대한 위화감을 엿

125

보이는 시들이 여러 편 수록되어 있다. 「마지막 모과 한 알」, 「파란 양철지붕 집」, 「관계자 외 출입 금지」, 「가재 길 58」, 「가재길 77」 등이 이에 속하는 작품들이다.

이 시들에서 시인은 재개발을 앞두고 철거하거나 이장移葬에 예정된 곳들에 가 있으며, 그곳에서 미처 떠나지 못하고 남아 있는 물상들, 사람들에 시선을 던지고 있다. 「모과 한 알」은 "분묘들의 이장 안내판" 곁에 남아 있는 모과나무를 노래한 것이고, 「파란 양철지붕 집」은 "산비탈"에 마지막까지 남아 있던 양철지붕 집을 노래한 것이다. 이 집에서는 "한 씨 할머니"가 살고 있었다. 「관계자 외 출입 금지」는 "공사 중인 석정공원"을 돌아보며 그곳의 "금지 문구"와 "위험물"의 존재를 부각시킨 것이다. 「가재길 58」과 「가재길 77」은 "가재산" 넘어가면 나오는 "가재길"에 남아 있는 집들을 노래한 것이다. 「가재길 58」은 "파란 양철지붕 집"에 살던 분이 "일흔다섯 한미숙 할머니"였음을 알게 해 준다. 「가재길 77」은 "등이 휘도록 잡동사니를 실은 트럭"이 떠나고 난, 빈집의 풍경을 노래한 것이다.

이 시들의 독특한 표현법은 공사 현장, 철거 '현장'에 게시된 공고문들을 '인유법'으로 직접 가져와 제시한 것이다. 시인은 여러 작품에서 이러한 방식으로 사람들 떠난 옛 삶의 터전의 상실과 허무를 날카롭게 부각시킨다.

(가)

본 분묘는 '평택 가재지구 도시개발구역'에 편입되어 이

전해야 하므로 연고자께서는 확인하여 주시기 바라며 연락

이 없을 때는 무연분묘로 개장할 예정입니다

　　　　　　　　　　　　　　- 「마지막 모과 한 알」 5연

(나)

위험물 저장소

관계자 외 출입 금지

　　　　　　　　　　　　　- 「관계자 외 출입 금지」 3연

(다)

신규 영농 절대 금지, 경작 시 별도 통보 없이 공사 예

정, 평택 가재지구 도시개발사업조합

　　　　　　　　　　　　　　　- 「가재길 77」 7연

시들에서 이텔릭체로 표시된 인공의 게시판, 공고문, 푯말들은 재개발을 진행시키는 행정적 '권력'의 존재를 부각하면서 남아 있는 물상들, 사라진 사람들의 존재를 이에 대비시킨다. "모과 한 알"(「마지막 모과 한 알」), "강아지풀 나팔꽃 개망초 쇠비름" 같은 "야생 풀꽃"들 (「관계자 외 출입 금지」), "잡초에 가려진 문패", "뜯겨

나간 부엌문", "동굴처럼 어두워진 부엌에 속을 다 드러
낸 채 모로 누워 있는 외짝 냉장고", "저물녘 허공에 긴
연기 풀어 수신호를 보내던 굴뚝", "개망초꽃 새하얀 묵
정밭"(「가재길 77」) 같은 '자연'의 물상들, '자연'에 가
까운 삶의 흔적들은, 무심하고 무자비하기까지 한 행정
적 '명령'들과 확연히 대비된다. 철거와 재개발이 진행되
는 그곳은, 꼭 그렇다고만 규정할 수는 없겠지만, 그렇
더라도 더 '자연'에 가까운 삶을 살았던 사람들과 그네
들의 정든 물상들이 공존했던 곳이다.

'공간'(space)과 '장소'(place)라는 말을 구별해서 사
람들의 경험이 혼재된 낯익은 곳을 '장소'라고 했던 서
양 비평가의 말을 빌리면, 이들은 '장소적'인 곳이었다.
"단단한 모든 것들은 공기 속으로 녹아 사라지고야 만
다."(All that is solid melts into air.)라고 했던 '무자비'
한 '현대성'의 원리는 시인이 늘 함께 하던 '장소'들의
사람들과 물상들의 존재를 허물고, 새롭게 나타날, 낯
선 미지의 공간 구획에 존재의 '권리'를 이양하게 한다.
시인은 이 원리를 모를 수만은 없으되, 깊은 '위화감'을
수반하지 않고는 이 원리가 관철되는 과정을 감내하기
어렵다.

다음의 시에 나타나는 "허망"함은 단지 "한 씨 할머
니"의 것만 아니라 시인 자신의 것이라 해야 한다.

산비탈 마지막 양철지붕 집

재개발 굴착기에 찌그러져 나뒹굴고

수십 년 사람을 품고 살던 그 집은

입구도 출구도 형체마저 지워지고 말았다

낯선 곳에서 따로따로 와서

끈끈하게 일가를 이루던

한 씨 할머니가 살던 시간과

벽돌과 철근 장독대와 고무대야가

서로 뒤엉켜 꺼져가는 체온을 나눈다

해마다 까치와 나눠 먹던 홍시를 매단 채

뽑혀 나간 감나무, 깊게 파인 구덩이를 보며

이렇게 허망한 일이 어디 있냐며

연신 눈시울을 적시는 할머니

백로白露 지난, 찢어진 마당귀에

스스로 파종한 나팔꽃이 연둣빛 만장을 내걸었다

-「파란 양철지붕 집」 전문

4. '상실'을 넘어 서로 양육하는 생명들의 "숲"으로

『나팔고둥 좌표』의 마지막 남은 문제라 생각되는 것은, 그렇다면 이 세계를 어떻게 살아가야 하는가일 것이다. 이 시집에 은은하게 흐르고 있는 감정은 떠남과 이별의 상실감이다. 이 시집의 화자들은 정든 곳, 정든 사람으로부터 멀어지고 떨어져 현재에 서 있다. 어느덧 삶의 봄날들은 계곡물을 따라 흘러내려 간 동백꽃처럼 멀어져 버렸다. 자신은 지나간, 멀어진 삶의 시간들을 의식하며 현재의 삶을, 그리고 남아 있는 삶의 시간을 어떻게든 '영위'해 가야 한다. 시집에서 이 상실감은 무엇보다 정든 사람으로부터의 떠남으로 나타난다.

물 위에 뜬 연꽃 같다는 무섬마을

따로따로 흐르던
내성천과 서천이

이곳에 와서
몸을 섞는데

부딪치며 깨진 물의 상처들

하얀 피를 토해낸다

물에 닿을 듯
물에 잠길 듯
가을 외나무다리 아래

금빛 물살 가르는
저 송사리 떼처럼

당신의 슬하에서 맘껏 유영했던 나
홀로 물가 모래밭 걷는다

어디로 갔을까

이제는 우리가 아니어서
두 개의 발자국만이 나를 따라온다
-「두 개의 발자국은 어디로 갔나」 전문

이 시의 화자는 지금 영주 "무섬마을"에 와 있다. "무섬마을"은 "물 위에 뜬 연꽃 같다"고 하는 이름난 마을이다. 화자는 이곳에서 "내성천"과 "서천"이 따로 흘러와 이곳에서 한데 어울린다는 사실을 떠올린다. 그러나

이 사실은 하나의 은유가 되어 화자로 하여금 고통스러운 사랑의 사연에 사로잡히게 한다. "부딪치며 깨진 물의 상처들"이 "하얀 피를 토해낸다"는 이 시 4연의 고통스러운 이미지는 화자 자신의 감춰진 사연에 연결된다. "당신의 슬하에서 맘껏 유영했던 나"는 지금 "홀로 물가 모래밭 걷는다" "당신"과 "나"는 "이제는 우리가 아니"다.

다음의 시에서도 화자는 바닷가에 서서 어딘가로 날아가는 "갈매기"를 보며 사랑의 상실의 고통에 사로잡혀 있다.

(나)

갈매기 한 마리가 저 수평선 너머로 사라진다

무엇을 찾아가는 길일까

사람들 마음엔 생각 프로그램이 담겨 있어서

160센티미터도 안 되는
이 작은 몸에도 네게로 가는 길이 있다
〈

가만히 있어도

그리로 간다는 것은

반질반질 길이 나 있다는 것

한아름의 그리움이

별빛과 싸락눈과 새소리와 천둥번개로 쌓인

그 길 위에 서면

나는 그만, 하늘과 심장 맞대고 한 호흡하는

먼바다 외줄 수평선

내 몸이 심하게 출렁거리는 날

돌아오는 길을 잃고 헤매기도 하는

가깝고도 먼 길

- 「이토록 가깝고도 먼」 전문

　이 시에서 사랑의 상실은 삶의 "길"을 찾을 수 없다는, "길"의 상실에 연결된다. "160센티미터도 안 되는/ 이 작은 몸에도 네게로 가는 길이 있다"라는 화자의 고백은, 잃어버린 사랑이 화자에게 미친 파괴적 영향을 나타낸다. "길"은 '너'를 향하고 있지만, 그러나 그 "길"은 사라져 버렸다. "돌아오는 길"은 '가깝고도 멀다'. 사랑의 상실이 가져온 파괴적 영향을 시인은 「청둥오리의 물갈퀴질」에서는 "오리"에게서 "물 위에 뜨는 법"을 "다시 배우"고 있다는 체념적 고백으로도 나타낸 바 있다.

"당신", "너"와의 이별이 선사하는 고통의 깊이는 다음의 시에서 가장 선명한 표현을 얻고 있는 것으로 보인다.

영등포에서 기차를 타고 옥천에 간다

옆자리에 꽁지머리 총각이 앉았다가
수원역에서 내리고

한참 빈자리로 가다가
빨간 머리 여자가 타고 내린 후

또 혼자다

너와 헤어지고 나서
문득문득 아려오던 명치

옆자리를 다른 사람으로 채우고 또 비우며

같이, 또 따로

종착역까지 가는 여정이다

- 「또 혼자다」 전문

이 시에서 화자는 다시 "길" 위에 있다고도 할 수 있다. "영등포"에서 "옥천"으로 가는 철로 역시 하나의 '길'일 것이다. 화자의 옆자리는 아무 인연 없는 사람으로 채워졌다 비워진다. 이 의미 없는 교체와 교대 속에서 화자는, "또 혼자"가 된다. 그리고 "너와 헤어지고 나서" 겪었던 사랑의 고통을 '반추'한다. "문득문득 아려오던 명치"는 사랑의 고통의 '육체적' 표현이라 할 것이다.

필자는 이러한 시들에서 시인이 감추면서 드러내는 어떤 깊은 사연들을 감지한다. 『나팔고둥 좌표』의 화자는, 자연에 가까운 존재로서 이 세상에 나와, 그 자신에게 할당된 삶의 길을 자기대로 살아내야 하고, 그러면서 시시각각 소멸을 향해 나아가며 생명의 이법을 절실하게 자각한다. 이러한 화자에게 '사랑'은 어쩌면 삶을 이어가야 할 절대적인 근거이자 "지지대"(「지지대」)였다고도 할 수 있다. 「내 맘속 그물집 한 채」는 "통유리 밖 찢어진 거미줄에" "겨우내 걸려 있는 거미 허물"를 보며 "너의 흔적이 걸려 있는" "그물집 한 채"를 생각한다. 그 집은 그렇게 직접 표현한 것은 아니지만, "달빛도" "별빛도" "이슬방울처럼 잘게 부서져 반짝이던 집"이었다. 그것은 "거미" 집이라기보다 사실은 화자 자신의 집이었다.

'사랑'의 고통은 깊고 길다. 이 '사랑'은 『나팔고둥좌표』의 화자에게 깊은 흔적과 상처를 남기고 사라져 버렸다. 감추어진 사랑, 멀리 사라져 버린 사랑, '옳지 못한 사랑'의 이야기를 뒤로 하고, 화자는 자신의 '길'을 새롭게 만들어가지 않으면 안 된다.

다음의 시는 이러한 시인 자신에 대한 자각을 함축하고 있는 재미있는 표현의 시다.

둥글래 한됫박 육처넌

두통빈열기침애조은 구기자, 정력언기애 산수유, 눈애조은 결맹자, 간심장애조은 허깨나무열매, 개피…

뿌리로 온 것

껍질로 온 것

열매로 온 것

씨앗으로 온 것

길바닥 콘크리트 좌판 앞에서

물과 햇살을 나누며 서로를 양육한다는 숲을 생각하네

〈

　나도 저들처럼 작은 선물로 와서

　이 지구 행성 좌판에 명찰을 내걸고

　무수히 시행착오 해가며

삐뚤빼뚤, 오타투성이로 살고 있네

- 「삐뚤빼뚤 팻말」 전문

　"삐뚤빼뚤"이라는 시어는 「가재길 77」에서 "붉은 스프레이로 '공가'"라고 쓰고 "삐뚤빼뚤 그려놓은 동그라미"라고 표현하는 데서 한 번 나왔었다. 이 "삐뚤빼뚤"이 자연의 삶을 훼손하고 침습하는 "삐뚤빼뚤"이었다면, 이 시에서의 "삐뚤빼뚤"은 자연의 이법, 삶의 이법을 가리키는 "삐뚤빼뚤"이며, 삶의 원리를 가리키는 "삐뚤빼뚤"이다.

　여기서 시인은 자신의 사연을, "저들처럼"이라는 시어가 보여주듯이, 자신을 포함한 타인들, 다른 생명적 존재들의 삶의 원리가 펼쳐지는 사례의 하나로서 받아들인다. "무수히 시행착오 해가며" "삐뚤빼뚤, 오타투성이로 살고 있네"라는 마지막 표현은 삶에 대한 시인의 깊은 성찰이 바탕이 되었기에 재미있고도 아름답다. 이 성찰에 따르면 "나" 또한 "저들처럼 작은 선물로" "이 지

137

구 행성"에 와, 그 "좌판"에 "명찰을 내걸고" 살아가고 있다. "길바닥 콘크리트 좌판"에 놓인 "뿌리로 온 것", "껍질로 온 것", "열매로 온 것", "씨앗으로 온 것"들과 '나'는 같은 존재의 하나이며, "물과 햇살을 나누며 서로를 양육한다는 숲"을 이루는 "지구 행성"의 한 식구, 일원이다.

누구나 "삐뚤빼뚤" 살아간다. "오타투성이"로 살아갈 것이다. 누구나 어머니를 잃고 "당신"의 생각을 떠올리며(「생각을 심다」), 가슴 아픈 생의 마지막 사랑의 순간을 겪으며(「커튼 너머」), "햇살 숟가락을 놓아버린 지 오래인 갈참나무 한 그루"(「햇살 숟가락」)처럼 스스로 또한 조락해 가며, 자신의 삶의 시간을 감내하며 생의 마지막 순간에 다다르게 된다.(「당신의 서랍장」) 『나팔고둥 좌표』는 시의 본래적 기능에 관해 생각하게 한다. 별나지 않고 가파르지 않은 그의 시들은 '시적인 세계'가 어떻게 성립되고 창조되는지 가늠해 보게 한다.

시란 참 신묘하다. 세상이 이렇듯 소란스러운데도 일단 시의 세계로 들어서면 전혀 '별세상'이 '따로' 열려 있음을 깨닫게 된다. 이 '별세상'은 넓고 깊고 그윽하다. 언어의 분량이 많지 않은 데도 그 자체로 '무궁무진'한 하나의 세계, 그것이 바로 시의 세계다.

시를 쓴다는 것은 한 세계를 창조하는 일이다. 좋은

시는 이 '무궁무진'한 한 세계의 '열림' 그 자체라 할 것
이며, 시를 읽는다는 것은 이 '열림'을 향해 감각과 감정
의 촉수를 내미는 일이다. 일찍이 정지용은 시의 오묘함
을 가리켜 '바다'는 연잎처럼 오므라들고 펴진다고 했
다. 여기서 '바다'란 곧 '시' 그 자체이며, 이 '바다'가
우리를 향해 오므라들고 펴진다 함은 '시'와 우리의 교
섭과 교감을 가리킨다. 김시림 시인의 『나팔고둥 좌표』
의 편편 시들을 읽으며, 필자는 이 교섭과 교감의 보람,
기쁨을 다시 한번 깨닫는다.

상상인 시인선 069

나팔고둥 좌표

지은이 김시림

초판인쇄 2025년 5월 15일 **초판발행** 2025년 5월 21일

펴낸곳 도서출판 상상인 **편집주간** 황정산 **펴낸이** 진혜진

표지디자인 최혜원 **기획 · 마케팅** 전은빈 최유림 노혜림 정현수

책임교정 길상화 **편집** 세종PNP

등록번호 제572-96-00959호 **등록일자** 2019년 6월 25일

주소 06621 서울시 서초구 서초대로74길 29, 904호

전화번호 02-747-1367, 010-7371-1871

팩스 02-747-1877 **전자우편** ssaangin@hanmail.net

ISBN 979-11-93093-91-7 (03810)

값 12,000원

* 이 책은 평택시문화재단 「2025 전문예술활동 지원사업」의 지원을 받아 발간·
제작되었습니다.

* 이 책은 전부 또는 일부 내용을 재사용하려면 반드시 저작권자와 도서출판
상상인의 동의를 받아야 합니다.

* 이 도서의 국립중앙도서관 출판시도서목록(CIP)은 서지정보유통지원시스템 홈페
이지(http://seoji.nl.go.kr)와 국가자료공동목록시스템(http://www.nl.go.kr/kolisnet)
에서 이용하실 수 있습니다.